L'ORACLE

OU

LE MUPHTI RASÉ,

TRAGI-HEROI-POLICO-COMIQUE,

TRADUIT DE L'ARABE,

PRIX XXIV SOLS.

A CONSTANTINOPLE,

M. DCC. LVII.

NOMS DES PERSONNAGES.

ILNAPUT, Roi de Maroc, & mari de VASTA.

VASTA, Fille du Grand Visir, Reine de Maroc.

CLITORISETTE, Mere de VASTA & Amante d'IMBECILLIS.

PRIAPIN, Muphti, Amant secret de VASTA.

IMBECILLIS, Fils du Muphti, premier Iman de la Mosquée.

BAVARDOS, premier Ministre.

VAGINETTE, Dame d'honneur de VASTA.

SUITE DU ROI, ET DE LA REINE.

La Scene est à Maroc dans l'interieur du Sérail du Roi ILNAPUT.

EPITRE

DU TRADUCTEUR AU PUBLIC.

AMI Lecteur, il ne tiendroit qu'à moi de vous vanter avec emphase, les peines, & soins assidus qu'il m'en a couté, pour déterrer dans des manuscrits, Arabes les beautés de la litterature Orientale, & la mettre à votre portée, à un prix si raisonnable. J'avouerai de bonne foi qu'en tout cela, je n'ai consulté que mon goût, qui ma toujours porté aux Sciences les plus sérieuses. Si par un fortuné hazard, vous penses de même que moi, (ce qui me surprendroit beaucoup, malgré mon amour propre d'Auteur) je partagerai très-volontiers mes trésors avec vous.. tout dépend de votre activité à consommer cette Edition, & je vous promets foi de Parisien, dans peu un Ouvrage aussi profond, & instructif que le présent, qui n'est à proprement parler qu'un essai, pour pressentir votre goût pour les choses sublimes. Il est vrai que les Tragedies

A ij

Orientales font rire ; mais les Comédies Françaises font pleurer, ainsi tout cela revient à peu près au même.

Le Sexe trouvera sans doute la Catastrophe de la Tragédie du Muphti Rasé, trop sanglante ; mais qu'il daigne se ressouvenir que Mrs. les Turc suivent la Loi du Talion, qui veut qu'on soit puni sur la cause efficiente du mal. Les Dames, toute prévention, & intérêt à part, conviendront du moins de la beauté du coup de Théâtre, lors de la soustraction operée sur le Muphti.

Que l'intrepide Dieu des Jardins, par son pouvoir illimité, préserve à jamais mes Lecteurs d'un si cruel accident, ainsi que le fidele & judicieux Traducteur.

L'ORACLE

OU

LE MUPHTI RASÉ.

SCENE PREMIERE.

VASTA, VAGINETTE.

VAGINETTE.

RINCESSE, c'en est fait … vous
entrez en ménage,
On vous a délivré de votre pucelage…

VASTA (*d'un ton pathetique.*)

Bon ! quoique mariée au Monarque Ilnaput !
Un obstacle secret l'éloigne du vrai but ! …

VAGINETTE.

Notre Roi seroit-il attaqué d'impuissance !
Ou bien à ses desirs, faites vous résistance ?
Mais !.. non !.. car vous avez trop de tempérament..

A iij

VASTA.

Plus on a de vertu... hélas! plus on le fent...
L'honneur eft un grand frein !...

VAGINETTE.

            Préjugé du vulgaire
Pour le bien de la chofe, il faut fe fatisfaire....
Votre Epoux eft fi vieux !....

VASTA.

            Enfin! que voudrais-tu ?

VAGINETTE.

Que fon front couronné, fût celui d'un cocu...

VASTA (*rougiffant de colcre.*)

Non ? duffai-je périr d'un excès de fageffe
Je garde mon honneur, en pudique Princeffe...

VAGINETTE (*d'un ton refléchi.*)

Si le grand Mahomet en décide autrement...

VASTA (*avec humilité.*)

Je me facrifierais à tout évenement...
Le Muphti confulté, doit rendre une réponfe
D'où dépendra mon fort.

VAGINETTE (*méchammēnt la regardant.*)

            Madame, il n'eft pas gonfe.

VASTA (*d'un ton imposant.*)

L'interprête facré du divin Alcoran !
Exige nos refpects ! un fi bon Mufulman !

VAGINETTE.

Si ce qu'il nous enfeigne eft du moins véritable,
Aux plaifirs, notre loi fut toujours favorable...
J'entends, celui des fens... notre grave Muphti
Dit, qu'on ne pêche pas *quand on a confenti,*
Si toujours vers le Ciel, notre ame eft élevée
Et de l'objet préfent, éloignant fa penfée
Eteint par charité le feu des paffions...

VASTA (*embarraffée.*)

Ah ! Je ne comprends rien à ces diftinctions,
J'y vais tout bonnement.

(*Le Roi paroît dans l'enfoncement du Théâtre.*

VAGINETTE.

Notre vieux Roi s'avance !

(*Vafta lui fait figne de fortir, & elle fort.*)

VASTA.

Dieux ! puiffants, foulagés l'excès de ma fouffrance.

A iiij

SCENE II.

LE ROI ILNAPUT, VASTA, GARDES.

VASTA.

Seigneur !...

ILNAPUT.

Ecoutez-moi ! .. vous parlerez après...
Sans vouloir hazarder les risques d'un congrés
Qu'on m'auroit veu braver au printems de mon âge,
Je vais tout arranger pour le bien du ménage...

(*ayant refléchi,*)

Mais ! rien ne presse encor ! ..

VASTA (*avec empressement.*)

Seigneur ! pardonnez-moi.
On peut être épuisé, quoiqu'au fond un grand Roi.

ILNAPUT (*lui souriant.*)

Un Héros, est Zéro très-souvent à Cythere,

(*la Reine sanglotante.*)

Allez ! sechez vos pleurs... bientôt vous serez mere..

VASTA (*enchantée.*)

Que par ce dernier mot, vous sçavez me toucher ! .
(*baisant la main du Roi.*)

A quelle heure mon Roi, prétent-il se coucher ?.

ILNAPUT.

Mon Chancelier m'a dit qu'il n'eſt pas tems encore..

VASTA.

S'il ſentoit la moitié du feu qui me devore ! ...
Tout le Conſeil d'Etat appaiſant mes déſirs,
Vous frayerait bientôt la route des plaiſirs.

ILNAPUT (*ſoupirant.*)

Un Hulla doit ravir ce charmant pucelage !..

VASTA.

Que ne vous chargez-vous? d'un auſſi bel ouvrage!.

ILNAPUT (*d'un ton pénétré.*)

On vient de conſulter la Loi de Mahomet,
Le texte eſt des plus clairs.. j'en ſuis dégoté net...
Le trop heureux Muphti doit avoir cette gloire...

VASTA (*humblement.*)

Je ſuis prête à payer le prix de ſa victoire
Car je dois m'immoler en victime d'Etat...

ILNAPUT.

L'Alcoran par ces mots, cauſe notre débat...

Le Roi tire un papier de ſa poche qu'il porte avec
reſpect à ſon front, avant de le lire haut.

» Le fameux Curius à jadis ſauvé Rome,
» En s'abimant tout net... imite ce grand homme ,

» On cherche en tes Etats, Iman, ou Muletier
» Qui veuille en ta faveur s'y jetter le premier
» Quatre fois tout de fuitte on fubira l'épreuve...
» La Princeffe au furplus, n'en fera pas moins neuve.

(La Princeffe rougit.)

Il faut y confentir...

V A S T A. (*faifant la petite bouche.*)

Seigneur ! Que dites vous !

(Elle veut s'éloigner.)

I L N A P U T (*la retenant.*)

Je vous l'ordonne en Roi...

V A S T A (*s'inclinant.*)

J'obéïs à l'époux...

(ayant refléchie.)

Mais ! l'honneur admet-il ? cette loi rigoureufe !..

I L N A P U T.

Quatre fois fimplement, Princeffe vertueufe...

(d'un ton majeftueux.)

Avant de vous livrer à ce pénible choc
Oui... le Divan vous nomme un Curateur ad hoc...

V A S T A (*d'un ton pénétré.*)

L'augufte front des Rois n'aurait pas l'avantage !
De fe mettre à l'abri des droits du cocuage !...

I L N A P U T.

On décide au Conseil ce cas embarassant . . .
(*Il lui fait signe de se retirer.*)
Dans la salle des Bains , allés, en attendant . . .
(*la Reine sort , & est rencontrée par Clorisette qui*
paroît.)

S C E N E   I I I.

LE ROI ILNAPUT,

CLITORISETTE, GARDES,

C L I T O R I S E T T E (*alarmée.*)

Quoi ! ma fille s'éloigne ! & paraît inquiéte ! . . .

I L N A P U T.

Ne vous échauffés pas, maman, Clitorisette . . . .
La pauvre enfant, hélas ! partage mon malheur ! . .
Il faut lui pardonner un reste de pudeur,
Elle va travailler à surmonter l'obstacle
Qu'opose à mes plaisirs, un redoutable Oracle . . . .

C L I T O R I S E T T E.

Ne pouvez-vous lever dans un tel embarras
Le nœud . . . .

I L N A P U T.

A foixante ans, on n'eft plus dans le cas.
Voilà précifement le grand mal qui m'obféde...

C L I T O R I S E T T E. (*le regardant en pitié.*)

A telle affliction, il n'eft plus de remede....

I L N A P U T.

Hélas! j'ai beau changer cinq ou fix fois de lits
J'éprouve que les Grands y font les plus petits...

C L I T O R I S E T T E.

Les Dieux à nos plaifirs ont fçus mettre des bornes.
I L N A P U T.

Qu'ils me fauvent du moins, d'une paire de cornes!

SCENE IV.

LE ROI ILNAPUT, CLITORISETTE,
PRIAPIN Muphti,
IMANS de sa suite, GARDES.
P R I A P I N.

O Sublime Seigneur! que le Grand Mahomet
Vous comble de bienfaits, & vous conferve net!

(*ayant réfléchi.*)

A parler fans façon, ma robe m'autorife...
Sans moi vous alliez faire une grande fotife...

ILNAPUT (*en colere.*)

Muphti, vous pouriez bien parler plus poliment !..
PRIAPIN.

Pourvû qu'on me comprenne , il n'importe comment...

(*levant les mains au ciel.*)

Quoi que Muphti, je hais le commerce des Dames,
Jamais je n'ai brûlé que de céléſtes flâmes
Mais ! le Prophete parle . . . il lui faut obéir .. ?
Par généroſité je prétends vous ſervir . . .
Que votre front, Seigneur, ſoit en toute aſſûrance.

(*lui montrant ſa robe.*)

Nous avons intérêt de garder le ſilence
C'eſt la premiere loi de notre ſaint métier...
Mais ! vous riſqueriez tout dû plus ſimple Officier
Prince, comptez ſur moi . . . je ſubirai l'épreuve
Et ſerai le Hulla de votre femme neuve...

CLITORISETTE.

Un Muphti de trente ans, eſt pour nous un tréſor !

PRIAPIN *au Roi.*)

Je réponds du ſuccès... vous plaindrez vous encor !

ILNAPUT (*à Clitoriſette.*)

Comme Iman généreux, envain il veut paraître
Je connais ſes pareils... d'ordinaire un Grand Prêtre
Inſolent, orgueilleux , dans le faſte, & l'éclat
Vit aux dépens du peuple , & ne ſert pas l'Etat..

CLITORISETTE *regardant avec admiration le Muphti.*

Pour remplir dignement cette charge publique
Il ne faut pas du moins être paralitique...

(le Roi fait signe à un Garde d'aller avertir la Reine)

ILNAPUT (*à part.*)

Livrons la malgré nous à ce luxurieux...

PRIAPIN (*cherchant des yeux la Reine.*)

C'est à moi d'accomplir l'ordre émané des Cieux.

Le garde paraît avec la Reine dans l'enfoncement du théatre.

ILNAPUT (*au Muphti.*)

Souvenez-vous toujours que ma femme est novice...

PRIAPIN (*baissant les yeux.*)

J'agis dévotement, sans fiel, & sans malice.

(le Roi, Clitorisette, & sa suite sortent.)

SCENE V.

PRIAPIN ET VASTA.

VASTA.

LE Prince mon époux, me remet en vos mains...

PRIAPIN (*baisant sa main après l'avoir posé sur son cœur.*)

La votre me rendra le premier des humains...

(*Clitorisette paraît & écoute de loin leur entretien, & elle marque par un jeu muet le vif intérêt qu'elle y prend.*)

On vient de consulter nos plus graves Prophêtes
Ces Messieurs vous ont mis dans l'état où vous êtes,
Et vous n'en sortirez qu'en subissant leurs loix...

(*s'inclinant tendrement vers elle.*)

Tout de suite il me faut vous parler quatre fois...

VASTA (*après avoir compté par ses doigts.*)

Oui... sans connaître à fond toute l'arithemetique
Ce nombre me plaît fort... il paraît harmonique...

(*puis réfléchissant.*)

Mais ! qui peut y venir ! ...

PRIAPIN.

          Pour un pareil combat
Les Imans en tout genre ont des graces d'état...

(*il l'embrasse & la contemple avec passion.*)

Quelle taille ! quels yeux ; que mon ame est émue.

(*lui voulant ôter sa respectueuse qu'elle défend.*)

Mais ! pourquoi dérober ces apas à ma veüe ;

     VASTA (*le repoussant faiblement.*)

Ah ! vous jettez mon cœur en des troubles affreux..
Pourai-je soutenir tout l'effort de vos feux
Moi ! qui n'ai que treize ans ! ....

          PRIAPIN (*transporté.*)

          Vous m'en êtes plus chère !

     (*avec feü.*)

Quel plaisir ! de cucillir la rose printanniere,
Quand l'aimable contour du verger de Cypris
Mollement tapissé de son jeune taillis,
Par un tendre duvet orne à peine l'entrée
Du plaisir des mortels, & leur seul Empirée...

          (*la voulant emmener.*)

Mais ! c'est assez parler.... j'use de mon pouvoir..

     VASTA (*troublée.*)

Pour servir Mahomet trahi-t-on son devoir !...
Je sens... certains remords....
                    PRIAPIN

PRIAPIN (*la raſſûrant d'un air aiſé.*)

Bon ! c'eſt une vetille . . .
Dans le fond , la pudeur ne ſert à rien , ma fille . . .
Avec elle autrement , nos plus belles houris
N'auraient pas grand plaiſir dans notre Paradis . . .
Allons . . . dépêchons-nous . . . déja la grace opere . .

(*il la veut ſaiſir.*)

VASTA (*reculant.*)

Vous m'allez chiffonner . . . .

PRIAPIN (*la preſſant.*)

Eh ! non ! laiſſez-vous faire . . .

VASTA (*emue.*)

Je rougis d'y penſer . . . . .

PRIAPIN.

Bon ! vous faites l'enfant . . .

VASTA (*s'éloignant de lui en rougiſſant.*)

Le tems forme à vos feux . . . certain empêchement .
Le logis de l'amour peint en couleur de roſe
A vos brulants deſirs , pour quelques jours s'oppoſe . .

[*ayant réfléchie.*]

Hypocrates-nous dit . . . que ſi dans ces inſtants . .
On . . . . . .

PRIAPIN.

Tous les Medecins , ſont de francs ignorants . .

B

V A S T A.

Il faut moins écouter, l'ardeur qui vous transporte.
Vous sçavez mon état....

P R I A P I N (*furieux.*)

Que le diable m'emporte !
Si rien peut m'arrêter... en amour un Muphti
A tout événement prend vîte son parti ...
De me sevrer ainsi, je ne suis pas si bûse,
Laissons aux grands Seigneurs cette mauvaise
excuse...

V A S T A (*se radoucissant.*)

Contre un si doux plaisir, mon cœur a combattu..

[*elle lui présente la main.*]

P R I A P I N (*ravi.*)

Vous n'offenserez point votre haute vertu...

(*la Reine entre dans la salle des bains... Clitorisette l'y
enferme, prend la clef sur elle, & empêche Priapin
d'y entrer.*)

SCENE VI.

CLITORISETTE, PRIAPIN.

PRIAPIN (*furieux.*)

QUoi ! vous osez troubler notre amoureux
mystere !

CLITORISETTE (*excédé.*)

Après avoir joui de la sœur de sa mere
Avec la niéce encore ! tu prétends t'amuser ;

PRIAPIN.

J'obéis au Prophete... osez-vous m'accuser...

CLITORISETTE.

Oui... j'approuve qu'un homme aime un peu la
luxure
Mais il faut respecter l'ordre de la nature...
Dois tu prostituer notre Religion
L'employant à servir ta vile passion ....
Tu nous vante des Dieux la suprême puissance
Semblable au Médecin, qui toujours se dispense
D'user d'un seul remede, en vantant leurs effets...
Méconnois-tu les Dieux....

PRIAPIN.

Vraiment je les admets ....
Mais il faut pardonner à la foiblesse humaine...
B ij

CLITORISETTE.

Asmodée est le Dieu que ton cœur suit sans peine.

PRIAPIN.

Le plaisir languiroit faute de mouvement
Il prend un nouvel être à chaque changement . . . .

(*se rapprochant d'elle.*)

D'ailleurs pour bien remplir votre amoureuse flame
Je vous offre mon fils en échange , Madame . . .
A répondre à vos feux , j'ai sçû le disposer . . .

CLITORISETTE (*d'un ton radouci.*)

Soit. . . mais j'aurai grand peine à le déniaiser

(*lui donnant la clef.*)

Vous aimez la Princesse . . . entrez dans la famille.

PRIAPIN (*ravi.*)

Je réponds de mon fils . . . . .

CLITORISETTE.

Disposez de ma fille . . . ?

PRIAPIN.

Sçavez-vous que mon drôle à l'air bien vigoureux !
Doubles reins , & trapû , sec , robuste , & nerveux . .
A peine a-t-il seize ans ! . . avec un tel nicaise
Femme de Cour , bientôt sçait se mettre à son aise . .

C L I T O R I S E T T E (*minaudant.*)

Il faudra donc inftruire, éduquer votre fils ;
Et le former en tout... ah ! fi donc... j'en rougis !..
D'honneur !.....

P R I A P I N (*avec emphâfe.*)

Vous en aurez tout le profit, Madame...
Du fil de fes plaifirs, ménagez bien la trame,
Il eft beau de tirer un homme du néant
Et de donner la main, au premier fentiment.

C L I T O R I S S E T T E (*mignardant.*)

Par excès de bontés ! oubliant ma fageffe,
Il me faut immoler à toute fa tendreffe !

P R I A P I N.

Vous verrez de quel train il va marquer fes pas...

C L I T O R I S E T T E.

Mais, par malheur, Muphti, cela ne dure pas....

Il ouvre la porte de la falle des bains, comme il
eft à moitié entré, Clitorifette l'en retire
malgré lui par fa robbe.

P R I A P I N (*furieux.*)

A peine eft on entré ! qu'il faut que l'on en forte!.

C L I T O R I S E T T E (*le retenant d'un air malin.*)

Que vous êtes preffé !.. le plaifir vous tranfporte!.
B iij

PRIAPIN.

Votre fille, Madame, en va bien profiter.

(il s'échappe de ses mains, elle lui fait signe de revenir.)

Prenez mieux votre tems, pour vous faire écouter..

(il entre dans la salle des bains.)

SCENE VII.

IMBECILLIS & CLITORISETTE.

Imbecillis l'envisageant de loin d'un air niais sans oser s'approcher.

CLITORISETTE (*à part*) *l'appercevant.*)

ANtiques mouvements! de ma gorge trem-
blante
Agitez les ressorts de son ame indolente;

(*elle se regarde dans un miroir de poche.*)

Que mes yeux en coulisse, animés par le fard !
Sur le fils du Muphti, déployent tout leur art ..!

(*haut.*)

Eh ! quoi ! craignez-vous donc de paroître à ma
vue !

IMBECILLIS (*toujours d'un ton niais.*)

Je ne m'enfuirois pas, fussiez-vous toute nue ..!

CLITORISETTE.

Comment me trouvez-vous ? dites, mon bel ami..

(il la regarde d'un air stupide sans lui répondre.)

Quoi donc ! vous restez court !....

IMBECILLIS.

C'est que je suis poli....

CLITORISETTE lui passant la main sous le menton
lui serre la main dans la sienne.

Il faut que je l'embrasse ....

IMBECILLIS (se reculant.)

Eh ! mais ! .. la bienséance ! ..

CLITORISETTE.

Bon ! d'abord qu'elle gêne, ici l'on s'en dispense...
Mon petit cœur, venez ....

Il se rapproche d'elle, lui prend la main, baisse les yeux
& rougit.

(elle continue.)

.... Qu'elle aimable pudeur ! ....

IMBECILLIS après avoir examiné tous ses traits.

Depuis quel tems, Madame, êtes vous en couleur...
En mettez-vous par-tout ?......

B iiij

CLITORISETTE.

Seulement au vifage......

IMBECILLIS.

Je croyois qu'autre part, vous en faifiez ufage !

CLITORISETTE (*fouriant.*)

Eh! fur quoi fondez-vous ce foupçon ?....

IMBECILLIS.

Il fuffit....
Je fçais fur ce fujet ce que ma fœur m'a dit...

CLITORISETTE (*minaudant.*)

Vos yeux marquent pour moi, la plus fincere flâme !
Qu'étouffe le refpect....

IMBECILLIS.

Oh ! point du tout, Madame,

(*promenant fa vue fur fon fein.*)

Quel joli mouvement !... non ..　de par Mahomet
Je n'ai vû de mes jours, un plus charmant objet...

(*l'examinant de plus près.*)

Leur blancheur m'éblouit, & leur rondeur m'en-
chante.

CLITORISETTE.

C'eft du Dieu des amours, une table d'attente....

IMBECILLIS.

Je fens que leur afpect commence à m'affermir....
A quel ufage enfin ? peuvent-ils donc fervir ?

CLITORISETTE.

C'eft ce que dans la fuite on pourra vous apprendre.

(à part.)

Pour un jeune Seigneur, il ne fait pas attendre!..

IMBECILLIS (baifant fa main.)

J'étouffe !..ç'en eft fait... mon cœur court au galop..
Comment donc ! .. il me vient quelque chofe de
trop !
O ciel ! quel nouveau trait, l'amour me fait con-
noître ....
Tous mes fens font émus! je prends un nouvel être...
Que va-t-il devenir ? ..,...

CLITORISETTE.

C'eft un figne flateur
Raffurez-vous mon fils, ... cela me fait honneur !
Vous en aurez befoin, pour voguer à cithere....

IMBECILLIS.

Mon cher Pere m'a dit qu'il faut vous laiffer faire...

(Clitorifette lui préfentant la main pour qu'il la conduife,
il quitte fa main après l'avoir accepté.)

(ayant un peu réfléchi.)

Vous m'apprendrez tantôt comme l'on fait l'amour.

CLITORISETTE (*piquée.*)

Pourquoi pas à l'inftant......

IMBECILLIS.

Chaque chofe à fon tour.....

(*regardant à fa montre.*)

Voila l'heure où je monte à notre Académie,
Mon Gouverneur m'attend... oh ! fans cérémonie..

(*Clitorifette avançant vers lui pour le retenir.*)
(*il fort d'un côté oppofé du Roi.*)

SCENE VIII.

LE ROI ILNAPUT, BAVARDOS, PREMIER MINISTRE, CLITORISETTE, GARDES.

ILNAPUT (*à Clitorifette.*)

AU moment qu'en tout point, l'oracle eft accompli
On peut dire hardiment, que le tout eft fini.

(*plus gravement.*)

De mon Confeil d'Etat, la prudence fuprême
Vient de le deviner auffi bien que moi-mème....

(*après une pauſe, ayant aperçû Clitorifette.*)

(*à Clitorisette.*)

Grace à mon Médecin, certaine potion
Qu'on appelle, je crois, de Jubilation ,
Fait couler dans mon sein, le feu de veine en veine.

(*d'un air gracieux*) *après s'être taté le cœur.*)
Ah !.. ce soir j'en dirai quatre mots à la Reine...

BAVARDOS.

Nous vous le conseillons, si vous avez de quoi...

CLITORISETTE (*d'un ton ironique.*)

S'il vous faut des secours, que je vous plains grand
Roi.

ILNAPUT (*ayant réfléchi.*)

(*à Clitorisette.*)

Le croyez-vous rempli ? cet oracle terrible.

CLITORISETTE.

Je crois que le Muphti le rend intelligible....

BAVARDOS.

Cette affaire, au Conseil, a souffert du débat
Et l'on vouloit l'exclure attendu son état...

(*s'inclinant vers le Roi.*)

Mais, votre Chancelier qui ne sçauroit se taire ,
Nous dit que le Muphti répondoit de l'affaire,
Pourvû que le Divan hautement approuva

Qu'en faveur de la Reine, il donne son Festa
Afin que par hazard, s'il en venoit lignée
L'enfant fut réputé, vrai fruit de l'hymenée...
On a dicté l'arrêt au gré de ses desirs....

I L N A P U T.

Si bien que le Muphti chasse sur mes plaisirs...

(ayant réfléchi)

Dans cette affaire il entre un peu de cocuage...

B A V A R D O S présentant un parchemin scellé, au Roi.

Des grands cocus titrez le noble aréopage
Par Messieurs du Divan vient d'être consulté...
Lisez l'arrêt fameux qu'ensemble ils ont dicté...

I L N A P U T (lit tout haut.)

» Le Roi nous fait honneur... mais qu'il n'ait nulle
crainte
» Il seroit cocu, si la volonté contrainte,
» Suivant le Droit civil, valoit consentement,
» Mais ! on sçait qu'elle est nulle, & porte empê-
chement
» Pourvû que l'on proteste au moins devant No-
taires,
» Ainsi l'ont décidé, million de nos Confreres...

le Roi ayant rendu l'arrêt à Bavardos passe la main sur son front, & poursuit ainsi.

Veille ! Grand Mahomet ! sur l'Empire Ottoman
Et préserve d'affront mon glorieux Turban !

(*après une pause.*)

Une réfléxion en cet inftant me gêne....
J'en aurois fur le front, fi par malheur la Reine
Prenoit plaifir au cas...

BAVARDOS.

N'en doutez pas, Seigneur...

CLITORISETTE (*au Roi.*)

Ne defefpérez rien ... elle a trop de pudeur!...

La Reine Vafta fort avec précipitation de la falle
des bains. Le Roi l'apperçevant leur fait figne à tous
de fe retirer, & fa garde fe retire dans l'enfoncement du
théatre.

Clitorifette, & Bavardos fortent.

SCENE IX.

LE ROI ILNAPUT, VASTA, GARDES.

ILNAPUT (*gracieufement.*)

Que j'ai plaint votre fort ! jeune & belle victime,

(*la fixant.*)

Au tendre Coloris.... que mon regard anime,
Votre Epoux doit juger qu'en travaillant ainfi
Votre cœur noble & fier n'aura pas confenti,

Mais! qu'en obéissant à cet ordre suprême;

(*levant les yeux au ciel.*)

Vous avez retranché jusqu'à vos soupirs même....
Pour mieux m'en éclaircir, faites votre récit,
On doit l'enrégistrer au bas de mon Edit.

VASTA (*minaudant.*)

Non.... ce seroit donner une trop rude entorse
Aux loix de la pudeur....je n'en ai pas la force...

ILNAPUT (*fermement.*)

Il me faut obéir....

VASTA.

Que vous êtes pressé!

ILNAPUT.

Avec notre Muphti, tout s'est-il bien passé?

VASTA (*rougissant.*)

Sans respect pour mon âge, & ma délicatesse
Il me traite en grisette! & non pas en Princesse!
Car du premier abord, il présente à mes yeux
Ce qu'Abeillard avoit, & qui rend tout joyeux...
Sans façon fourageant le verger de Cythere
Il cueille d'une main hardie & téméraire,
La rose que l'hymen vous destinoit, Seigneur,
Et donc beaucoup d'Epoux n'ont jamais eus l'hon-
　　　　　　　　　　　　　　　　　　neur,
Vous me voyez, dit-il, grace à notre Prophete,

Armé de pié en cap, en vigoureux athléte,
Quatre fois tout de suite il faut subir le choc
Nous n'en rabattons rien... c'est la vertu du froc...

(*d'un air ingénu.*)

Moi ! qui n'y voyois pas la moindre conséquence
A tout je me prétai par pure obéissance ...

I L N A P U T (*impatienté.*)

Abrégpz s'il se peut ....

V A S T A.

Il eût bientôt fini
Alors m'apperçevant de l'oracle accompli
J'allois me retirer en femme prude & sage,
Qui sçait de la pudeur faire toujours usage...
Il m'interrompt bien tôt dans mes refléxions...
Je veux pour Mahomet faire deux stations
Me dit il... ie réponds le Roi vient !. mais ! arrête..
On fixeroit plûtot les vents, & la tempête !
Il prenoit tant de goût à ce doux entretien
Qu'il y seroit encor ! tant il s'y trouvoit bien !...

I L N A P U T (*furieux.*)

Vous m'avez fait souffrir mil horribles supplices...
Mais ! il payra bien cher ses deux derniers services,
Malheur que je n'ai pû, prévoir, n'y prevenir !

(*ayant refléchi.*)

Par son endroit sensible, il faudra le punir...
Cocufier un Roi ! n'est pas un badinage.

Transporté hors de lui-même & criant de toutes
ses forces.

Helas! qu'avez vous fait de votre pucelage!
Comment! ne pouviez-vous! échapper de ses bras.

V A S T A.

Mais! pense-t-on a tout! dans un tel embarras.. .

I L N A P U T (*d'un ton pathetique.*)

C'est-là qu'il faut montrer un cœur grand, magna-
nime.

V A S T A.

Adieu la dignité , quand l'Amour nous anime..

I L N A P U T.

Le diable vous emporte !

V A S T A.

Y pensez-vous grand Roi!

I L N A P U T (*excedé.*)

Ah ! pour le coup j'en tiens !

V A S T A.

Seigneur , c'est malgré moi..

I L N A P U T (*ayant réfléchi.*)

Il falloit lui vanter votre illustre naissance,
Lui dire que d'un Roi, le front est d'importance
V A S T A.

VASTA.

Prince, si vous sçaviez comme il me chiffonnoit...

ILNAPUT.

Vous deviez appeller !.....

VASTA.

Bon ! la voix me manquoit.

ILNAPUT.

Mais ! qui vous empêchoit de tirer la sonnette !....

VASTA.

Je craignois d'éveiller maman Clitorisette....

ILNAPUT.

Mais ! quelque autre à votre ordre eût peut-être accouru !

VASTA.

Falloit-il afficher qu'on vous faisoit cocu ?

ILNAPUT (refléchissant.)

Je veux approfondir cet étonnant mistere !

VASTA (d'un ton naïf.)

Mon aveu vous suffit... & la chose est fort claire...

ILNAPUT *lui préſentant le livre des Inſtitutes de Juſtinien.*

(lui montrant le paragraphe.)

Voilà ce qui vous trompe... & par le Droit Romain
Il nous faut un concours mutuel & certain
Pour bien faire un cocu... liſez les Inſtitutes..,..

(lui indiquant du doigt.)

De vi paragrapho . . . .

VASTA *(ayant lue le texte bas.)*

Mon cher ! point de diſputes...

Le Muphti paroît dans l'enfoncement du théatre, parlant bas à un de ſes Imans.

ILNAPUT *l'ayant aperçu, dit bas à la Reine,
un Garde s'avance au ſignal du Roi & ſort après.*

Mais ! voici mon rival... ne dites pas un mot...
Inſpirez-moi Grands Dieux ! ſi j'en ſerai le ſot...

(à l'oreille de la Reine.)
(ayant réfléchi.)

Si vous aviez un fils , en ſerai-je le Pere ? . . .

VASTA.

Un peu de bonne foi dans un pareil miſtere
Annonce le bon ton , & les gens du bel air
Car le plus clair-voyant , ma foi n'y voit pas clair...

SCENE X.

LE ROI ILNAPUT, VASTA, PRIAPIN, IMANS, GARDES, & *le Chirurgien du Roi avec son étui, amnené par le garde ci-d ssus.*

Le Roi roule des yeux de fureur contre le Muphti.

PRIAPIN (*s'inclinant vers le Roi.*)

Que le Grand Mahomet! Seigneur, vous illu-
mine !

(*le Muphti surpris.*)

Mais ! quels affreux regards !

(VASTA *au Roi.*)

Pourquoi faire la mine !

ILNAPUT (*tirant le Muphti par la barbe.*)
(*d'un ton de fureur.*)

O Muphti détestable ! approche... écoute moi...
Tu viens donc d'attenter à l'honneur de ton Roi !
Que falloit-il de plus ! l'Oracle est raisonnable...
Que le diable t'étrangle ! ô monstre insatiable !

VASTA (*au Roi.*)

Remerciez les Dieux, du zele & de l'ardeur
Dont il nous a servi ......

C ij

ILNAPUT (*voulant tuer la Reine.*)

Dans ma juste fureur....

PRIAPIN (*se mettant entre elle & le Roi.*)

Ah ! du moins ménagez cette pudique Reine....

(*puis d'un ton d'entousiasme.*)

L'esprit du Grand Prophete, en cet instant m'en-
traîne.,.
L'Illustre Mahomet, & l'Ange Raphaël
Ont arrangé le tout, par un ordre du ciel,
Et ie ne suis ici que leur modeste organe ;
Adorez leurs decrets... tremblez Prince profane.....

*Regardant tendrement la Reine qu'il présente au Roi d'un
air triomphant.*

(*parlant au Roi toujours.*)

Oui, votre mariage est pour jamais heureux !
Elle porte un enfant, digne present des cieux !
Il aura la beauté, les vertus de sa mere
Avec la chasteté du Muphti son vrai Pere...
Il le faut adopter avec soumission.....

s'appercevant que le Roi y répugne fort.

Je lui veux cependant faire une pension....
A sept ans je l'envoie à mes frais au College,
Puis voyager en France avec un grand cortege ;
Quand il aura quitté, Pédants, Répétiteur
Et je lui servirai de grave Gouverneur ....

I L N A P U T *transporté de fureur.*

Quoi ! tu veux me donner un enfant de la bâle . . .

(*à ses Gardes.*)

En attendant toujours... hola ! qu'on me l'empale !

V A S T A *se jettant aux pieds du Roi.*

Daignez le préserver de ces cruels tourments !

P R I A P I N *regardant la Reine avec surprise.*

J'attendois de sa part mille remercimens !

(*au Roi, en baisant la main de la Reine.*)

Ayez toujours pour elle autant de complaisance
Qu'elle m'a fait plaisir par son obéissance
Sur-tout ayiez grand soin de Monsieur notre fils ;

(*regardant fierement le Roi.*)
A ce prix qu'on m'embroche... oui, Tyran, j'y
souscris.

V A S T A (*tendrement au Roi.*)

Son éloquence au moins devroit toucher votre ame,
C'est un bon serviteur . . . .

I L N A P U T (*excédé.*)

Oui... le votre, Madame ;

(*la Garde s'avançant contre le Muphti.*)

P R I A P I N *leur en imposant d'un air hypocrite.*

Pour obéir au ciel merite-t-on la mort !

V A S T A (*au Roi.*)

Il en agit trop bien, pour avoir jamais tort...

(*d'un air misterieux, à l'oreille du Roi.*)

Punissez en secret tout porteur de sandale
Car il est important d'éviter le scandale....

I L N A P U T *ayant baisé la main de la Reine.*

Puis-je rien refuser à l'objet de mes vœux !...

(*faisant signe aux Gardes de le laisser, & au Chirur-*
gien de s'emparer du Muphti.

C'en est fait, il vivra... mais pour venger mes feux

(*regardant la Reine, en lui montrant le Muphti*)

(*aux Gardes*)

Il sera votre Eunuque... hola ! que l'on l'entraîne,

(*au Chirurgien.*)

Otez-lui proprement, ce qu'avoit Origene....

le Chirurgien fait signe qu'il va obéir & la Garde
entraîne le Muphti, que la Reine veut envain retenir.

P R I A P I N *transporté de rage s'étant échappé de la*
Garde au moyen du secours de la Reine.

Que la foudre du ciel écrase le Tyran !
Qui veut que l'on mutile un si bon Musulman
La mort est préférable à ce sanglant outrage
Qui nous prive à jamais du plus bel apanage

Que nous ayions reçûs de nos premiers parens ,
De qui feul nous tenons les plus doux fentimens.

Au nouveau fignal du Roi la Garde s'empare du Muphti
qu'elle entraîne malgré tous fes efforts.

La Reine exprime par un jeu muet la part fenfible
qu'elle prend aux cris douloureux du Muphti que l'on
entend diftinctement , tandis que le Roi s'en applaudit ;
ce qui forme un coup de théatre. Le Muphti reparoiffant
quelques minutes après dans le plus grand défordre.

PRIAPIN (*en fureur.*)
montrant le Roi du doigt.

Chaque jour tourmenté de goute, & rhumatifme,
De thoux, de fciatique , avec le priapifme ,
Mais ! fans pouvoir jamais jouir de l'uterus ;
Vas ! puiffe tu périr d'un *Colera morbus.*

il tombe évanoui dans la couliffe.

ILNAPUT *d'un air fatisfait en embraffant la Reine.*

Sur ces affreux fouhaits , raffurez vous , ma chere ,
Je fens quoiqu'à mon âge un effet tout contraire.

VASTA (*d'un ton ironique.*)
Sur ce fait étonnant , que l'on dreffe un Edit !

ILNAPUT *lui préfentant galament la main.*
Il le faut concerter , Madame , dans le lit...

VASTA *regardant en larmes l'endroit où le Muphti*
s'eft évanoui.

Oui... c'eft trop le punir... ah ! grands Dieux! quel
dommage !
Perfonne mieux que lui n'en fçavoit faire ufage...

ILNAPUT.

Pourquoi le regretter... il vous reste un grand Roi...

VASTA *les yeux toujours fixez au même endroit.*

Je sçais ce que je perds, & chacun songe à soi.....

ILNAPUT *lui présentant sa main qu'elle refuse avec*
dedain.

Voguons vers les plaisirs.........

VASTA.

        Sincerement je pense
Qu'il est entre vous deux très-grande différence...

le Roi sort en lui faisant signe de le suivre.

(seule.)

Les gens de cette Robe ont de certains talents
Qui font qu'on les préfére aux plus honnêtes gens...

(ayant réfléchi.)

Mais ! pour tranquilliser ma jeune conscience
Comblons de mon Epoux, la douce impatience...

(elle sort.)